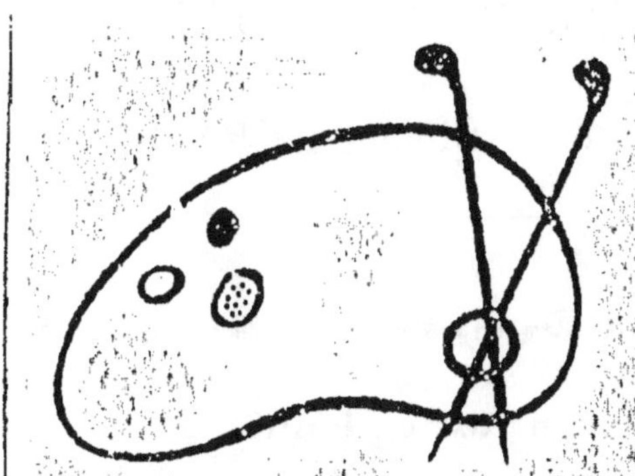

Début d'une série de documents
en couleur

LE POËTE
GUILLAUME COQUILLART

Chanoine et Official de Reims

Lecture à la Séance publique annuelle de l'Académie nationale de Reims, le 22 Juillet 1897

Par M. Gaston PARIS

de l'Académie Française

Membre honoraire de l'Académie Nationale de Reims

REIMS

IMPRIMERIE DE L'ACADÉMIE (Nestor MONCE, Dir.)

24, rue Pluche, 24

1898

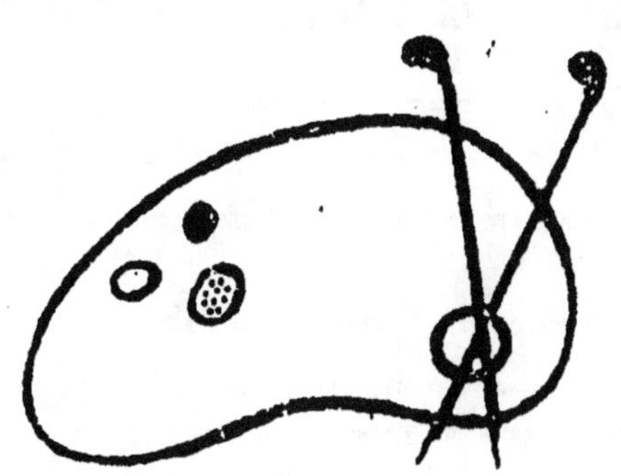

Fin d'une série de documents
en couleur

LE POÈTE

GUILLAUME COQUILLART

Chanoine et Official de Reims

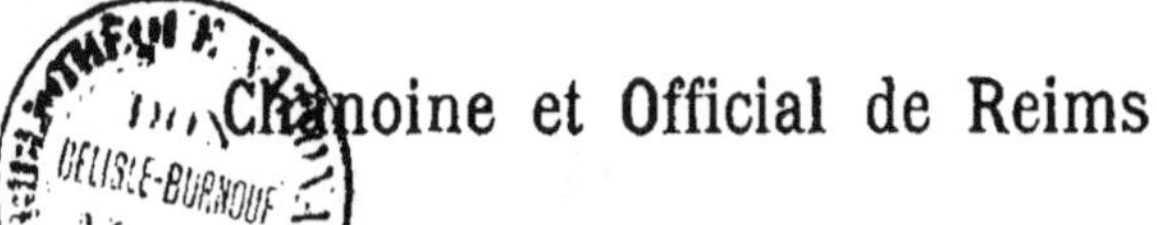

Lecture à la Séance publique annuelle de l'Académie nationale de Reims, le 22 Juil et 1897

Par M. Gaston PARIS

de l'Académie Française

Membre honoraire de l'Académie Nationale de Reims

REIMS

IMPRIMERIE DE L'ACADÉMIE (Nestor MONCE, Dir.)

24, rue Pluche, 24

1898.

LE POÈTE GUILLAUME COQUILLART

Chanoine et Official de Reims

Lecture par M. Gaston PARIS, de l'Académie française,
Membre honoraire de l'Académie de Reims.

MONSEIGNEUR,
MESDAMES,
MESSIEURS,

Quand mes confrères de l'Académie de Reims m'ont
fait l'honneur de m'inviter à contribuer à la séance
d'aujourd'hui par une courte communication, j'ai cher-
ché ce qui pourrait convenir au lieu et à l'occasion, et
j'ai pensé qu'il serait agréable à l'Académie que je
l'entretinsse d'un Rémois du vieux temps. Puis je savais
que dans cette séance vous deviez donner un témoignage
public d'estime et d'affection à un éminent confrère en
qui ma famille, comme l'Académie et comme le barreau
de Reims, salue son doyen et son chef (1), et j'ai cru que
je lui ferais plaisir si j'apportais ici quelque chose qui se
rattachât, fût-ce pour en badiner, à la jurisprudence et
au barreau. Voilà pourquoi j'ai songé à rechercher
quelques notes que j'avais recueillies il y a longtemps

______

(1) **M. Henry Paris**, ancien bâtonnier de l'ordre des avocats de
Reims.

sur un de nos compatriotes les plus célèbres, sinon les mieux connus, le chanoine Guillaume Coquillart, auteur, au xv° siècle, de poésies singulières qui ne ressemblent guère à celles qu'on s'attendrait à voir partir de la plume d'un docteur en droit canon et d'un haut dignitaire de l'Église. L'illustre prélat qui nous fait l'honneur de présider à cette fête me pardonnera d'évoquer le souvenir d'un temps où l'Église et le monde étaient dans des rapports très différents de ceux qu'ils ont aujourd'hui, où le mal et le bien, comme ils le font encore, existaient côte à côte, mais prenaient d'autres formes et se répartissaient autrement. Mon dessein n'est point d'ailleurs de mettre en plus vive lumière le scandale que peut légitimement donner un si grand contraste entre la profession de Coquillart et son œuvre, mais au contraire de l'atténuer dans une certaine mesure et de le faire rentrer dans les limites en dehors desquelles, même de son temps, il aurait été difficilement acceptable. Je dois ici exprimer mes remerciements à plusieurs de nos savants confrères, M. Jadart, M. Demaison, M. Thirion, qui ont bien voulu extraire pour moi, de documents encore inédits, des renseignements précieux; je ne pourrai tous les mettre en œuvre dans cette courte notice, mais ils m'ont aidé à me reconnaître et à me diriger dans mon chemin.

Les écrits authentiques de Guillaume Coquillart se réduisent à peu de chose. Sans parler de quelques petites pièces peu importantes ni du *Débat des Armes et des Dames*, un monologue dramatique (deux autres qui lui sont attribués sont contestés) et les parodies juridiques dont je vous parlerai plus spécialement, voilà tout le bagage avec lequel il a passé à la postérité. Ces poèmes,

tous de peu d'étendue, ont sans doute été, au moment
même de leur apparition, publiés au moyen de cet art nouveau de l'imprimerie qui venait de modifier si profondément les conditions de la production littéraire; mais de
ces légères plaquettes, destinées à disparaître vite, deux
seulement sont parvenues jusqu'à nous, et il n'est pas
certain que ce soient les éditions originales. L'ensemble
fut imprimé en 1513 ou 1514, trois ou quatre ans après
la mort de l'auteur, par les soins de deux de ses amis, qui
se désignèrent sans se nommer en faisant graver leurs
écussons sur le titre du volume. M. Loriquet, le savant
bibliothécaire de Reims, a reconnu dans l'un de ces
écussons celui de Jean Godart, chanoine de Reims
comme Coquillart et grand-chantre depuis 1512. Ces
mêmes armes, avec les initiales J. G., se voient encore
sur la toiture d'un puits qui se trouvait dans une
maison de la rue des Capucins laissée au Chapitre par
ce même Jean Godart et qui figure maintenant au
Musée lapidaire rémois du Cloître de l'Hôtel-Dieu. On
ne peut qu'être à la fois amusé et touché par le mé-
lange de piété et de jovialité sans scrupules, de charité
et d'amitié, que nous révèle cette double apparition des
armoiries du bon chanoine Godart sur le puits de la
maison léguée à l'Église et au titre des œuvres très
facétieuses de son ancien confrère.

Cette édition posthume, qui devait servir de base
principale à toutes celles qui ont suivi — il n'y en a pas
eu moins de vingt-deux — ne contient aucun rensei-
gnement sur l'auteur, sinon qu'il était « official de
Reims lez Champaigne ». Cela a permis aux savants
rémois qui se sont occupés de Guillaume Coquillart
de l'identifier avec certitude et de fixer la date de sa
mort; mais cela n'a pas suffi à écarter de sa biographie

personnelle et littéraire certaines erreurs que la présente
note a pour objet de dissiper.

La plus importante concerne la date de la naissance
de notre poète et l'âge auquel il a écrit ses poèmes. Il
existe en manuscrit, à la Bibliothèque nationale, une
traduction du *Bellum judaicum* de Josèphe dont l'auteur
se nomme, dans un acrostiche, *Guillermus Coquillart*,
et déclare avoir commencé sa translation « à Reims, lieu
de sa résidence, le douziesme jour du mois d'octobre,
l'an de grace mil quatre cent et soixante... et l'an
trente neuviesme de l'aage d'icellui translateur ». On
en a conclu que notre Coquillart était né en 1421, qu'il
habitait Reims en 1460, et que, étant mort en 1510, il
avait atteint l'âge de 89 ans. En ce cas, ses ouvrages les
plus badins et les moins édifiants étant, comme nous
allons le voir, des années 1477 et suivantes, il les aurait
composés, à Reims, de sa 57ᵉ à sa 60ᵉ année. Qui ne voit
que c'est tout à fait invraisemblable ?

Ces ouvrages, en laissant de côté le monologue,
auquel s'appliquent d'ailleurs les mêmes remarques,
sont au nombre de trois, qui ont le caractère commun
de parodier, en les appliquant à des sujets plus que
frivoles, le style et le formulaire juridiques ; ils sont
intimement liés par des renvois de l'un à l'autre : c'est
d'abord le *Plaidoyé d'entre la Simple et la Rusée*, puis
l'*Enquête d'entre la Simple et la Rusée*, enfin le livre des
Droits nouveaux, qui se divise lui-même en deux parties.
Ils ont été composés dans cet ordre, que les éditeurs ont
malencontreusement brouillé. Le second est expressé-
ment daté de 1478 et attribue le premier à l'année
précédente ; la première partie du troisième est de
l'année suivante, et la seconde partie doit être de
1480. Or, l'auteur nous dit lui-même, à la fin de cette

seconde partie (éd. d'Héricault, I, 197), ce qu'il était alors :

> Aussi, tres redoubtez seigneurs,
> Vers vous se veut humilier
> Et vous mercie de vos honneurs
> *Ce povre petit escolier*
> Que daigné avez escouter.

Coquillart s'est approprié ici un joli vers de Villon ; mais il est clair qu'il n'a pu se l'appliquer que parce qu'il était dans les mêmes conditions de situation et d'âge ; n'est-il pas d'ailleurs évident que de telles débauches d'esprit et de plume, compréhensibles chez un étudiant jeune encore, ne sauraient convenir à un sexagénaire ?

Pas plus qu'il ne les a écrites dans un âge plus que mûr, Coquillart n'a écrit ses facéties dans sa ville natale. Elles sont pleines d'allusions à Paris, et, faites comme elles le sont pour être récitées en public, n'ont pu l'être qu'à Paris. C'est là que l'on connaissait depuis le xiiie siècle ce fameux « droit de la porte Baudais » ou Baudoyer (II, 26 ; I, 37), d'après lequel les battus paient l'amende ; c'est là qu'on se signait en parlant du « grand diable de Vauvert » (I, 186) qui a laissé dans le nom de la rue d'Enfer un souvenir de ses méfaits ; c'est là que s'élevait, rue Sainte-Avoie, le couvent des Billettes (I, 46) ; c'est là que s'ouvrait, sur le quai de la Mégisserie, cet « abreuvoir Popin » (I, 163) dont Villon fait l'objet d'un de ses legs. Mille détails prouvent que ces pièces ont été composées et débitées à Paris et non à Reims.

Dès lors tout s'éclaire d'un jour nouveau et dans les pièces elles-mêmes et dans la vie de Coquillart. Les pièces sont l'œuvre d'un écolier ; elles ont été faites pour être dites en joyeuse compagnie, à un même jour de fête de quatre années successives. C'est ce qui y est formellement exprimé en plus d'un endroit : l'*Enquête* a été tenue le jour de la Saint-Martin (II, 143), qui est, dit le poète, *la feste de nostre paroisse* (II, 143), et on sait de combien de festivités et même de bacchanales le saint évêque de Tours était jadis le patron. Le prologue des *Droits nouveaux* invite les auditeurs à laisser de côté toute pensée sérieuse *jusques en la fin de ces festes* (I, 33); et à plusieurs reprises on nous avertit que ces fêtes reviennent chaque année. Quant à la paroisse dont la fête se célèbre de cette façon joyeuse, c'est, vous le devinez, une paroisse très profane, quelque confrérie de gais écoliers, quelque basoche purement festivale. Les facéties de Coquillart ne sont en effet que des jeux de basochiens, des « causes grasses » comme il était d'usage, à cette époque de parodie universelle, d'en plaider chaque année aux jours de fête, et j'ajoute que, le genre et le milieu étant donnés, elles sont plutôt réservées que dissolues. La première surtout est un parfait spécimen du genre : il s'agit du procès en revendication d'un galant, le « Mignon », par la « Simple », qui prétend en être en possession légitime, contre la « Rusée », qu'elle accuse de le lui avoir frauduleusement soustrait. Les avocats plaident, avec, naturellement, force singeries de ce qui se passait dans les procès réels, et le juge, maistre Jehan l'Estoffé, non moins embarrassé que le juge de *Patelin*, ordonne une enquête et accorde à la Simple la « recreance », c'est-à-dire la possession provisoire. L'année suivante (1478) se fait l'enquête, où défilent les témoins les plus hétéroclites. Le jugement aurait dû être rendu l'année d'après; mais, en 1479, le poète habituel de la Saint-

Martin déclara qu'il le remettait à plus tard et remplaça, cette fois et en 1480, les « grasses » plaidoiries par la promulgation d'un code non moins « gras », les *Droits nouveaux*, dont il promettait une suite qu'il n'a sans doute pas composée, non plus que le jugement.

C'est qu'en 1481 Guillaume Coquillart, ayant achevé ses études et conquis le grade de licencié en droit canon, revint sans doute à Reims, où sa famille était dans une situation fort honorée, et brigua un des canonicats de la Cathédrale. Il fut proposé en effet en 1482, et, après un procès dont nous ne connaissons pas la cause, entra en possession le 21 avril 1483. Le renom de son talent poétique l'accompagnait, et l'emploi qu'il en avait fait ne lui portait aucun préjudice : on était habitué alors à ce que les étudiants, même en théologie et en droit canon, prissent bien d'autres licences que celles que leur conférait l'université. Il devint le poète officiel en même temps que l'ordonnateur des cérémonies de la ville, et nous le voyons remplir ce rôle en différentes occasions. Je me borne ici, de crainte d'abuser de votre temps, à vous renvoyer sur ce point à ce que rapportent les historiographes de vos fêtes et à ce qu'a raconté mon oncle, Louis Paris, dans son charmant livre sur *le Théâtre à Reims*. Je ne m'arrêterai pas non plus à vous retracer en détail les progrès de notre chanoine dans sa carrière ecclésiastique : grand-chantre en 1493, chargé en 1496 et 1497 de missions importantes, dont l'une le conduisit à Rome, il fut nommé, sans doute vers 1500, à la haute charge d'official, c'est-à-dire de juge ecclésiastique. L'official avait dans sa juridiction, outre les affaires proprement ecclésiastiques, tous les litiges qui se rapportaient au mariage : l'auteur des parodies juridiques où le mariage et les femmes sont l'objet de tant de railleries dut parfois sourire, en prononçant de graves sentences, au souvenir des décisions de maistre Jehan l'Estoffé. Coquillart mourut le 12 mai 1510. Il devait être né vers 1450, si l'on admet, ce qui me paraît tout à fait vraisemblable, qu'il avait environ trente ans lorsque, ayant terminé ses études à Paris, il revint à Reims en 1481 pour y briguer le canonicat qu'il obtint l'année suivante.

Mais si cette esquisse biographique est exacte, comment se concilie-t-elle avec les données fournies par la traduction de Josèphe? Bien simplement, à mon avis : le traducteur de Josèphe est un autre Guillaume Coquillart. Cela n'a rien de surprenant. Les Coquillart, qu'ils fussent ou non d'une seule et même famille, foisonnaient à Reims au xv° siècle, et des Guillaume Coquillart, sans parler de notre poète et du traducteur de Josèphe, nous en trouvons au moins deux, sinon trois, qui ne doivent être confondus, bien qu'ils l'aient été, ni avec l'un ni avec l'autre. Il faut donc se garder d'identifier tous ceux qui ont porté ce nom, et laisser à un homonyme, peut-être à un parent de notre chanoine, l'honneur d'avoir traduit Josèphe. Les cinq quatrains d'alexandrins monorimes, fort graves, dans lesquels ce docte personnage s'est nommé en acrostiche, ne ressemblent nullement aux vives enfilades de petits vers que rimait, une quinzaine d'années plus tard, l'écolier qui portait le même nom, et Jean Godart n'a eu garde de les réunir, comme on l'a fait depuis, aux œuvres poétiques de son confrère. Celui-ci paraît n'avoir jamais fait de la littérature autre chose qu'un délassement, et avoir réservé pour ses occupations professionnelles ce qu'il pouvait avoir de sérieux.

La mort même de l'official de Reims a donné lieu à

de plaisantes méprises. Marot en a fait le sujet d'un quatrain burlesque, mais assurément fort inoffensif :

De Coquillart et de ses armes à trois coquilles d'or.

> La morre est jeu pire qu'aux quilles,
> Ni qu'aux eschets, ni qu'au quillart ;
> A ce meschant jeu Coquillart
> Perdit sa vie et ses coquilles.

Marot, tout jeune alors et encore fidèle disciple

> Du bon Cretin au vers equivoqué,

a voulu simplement jouer sur les deux sens que présente, à la prononciation, le mot *morre* ou *mort*, et faire le tour de force de rimer *coquilles* avec *qu'aux quilles* et *Coquillart* avec *qu'au quillart*. Là-dessus, l'abbé Goujet *(Bibliothèque françoise,* X, 156) et Rigoley de Juvigny de dire gravement : « Il paroît que Coquillart mourut... de chagrin d'avoir perdu une somme considérable au jeu de la morre, à ce que dit Marot. » D'autre part, la *morre* étant souvent appelée la *mourre*, M. d'Héricault a prêté à Marot un tout autre jeu de mots, en a conclu qu'il reprochait à Coquillart d'avoir abrégé ses jours par un libertinage sénile, et s'est indigné longuement d'une calomnie aussi invraisemblable..., surtout pour ceux qui, comme M. d'Héricault lui-même, font vivre Coquillart jusqu'à sa quatre-vingt-dixième année !

Les œuvres de Coquillart n'ont pas non plus, au moins dans notre siècle, été toujours appréciées avec toute la justesse qu'on aurait pu souhaiter. Un défaut fréquent de notre critique est de vouloir trouver à tout ce qui nous reste du temps passé un sens qui intéresse le présent. Nous mettons trop souvent dans ces vieux documents des intentions que nous croyons y découvrir. L'excellent Prosper Tarbé, qui était plus largement fourni d'imagination que de jugement, a vu dans les espiègleries de Coquillart la protestation indignée de l'homme de cœur et de l'homme de bien contre les violences, les tyrannies et la corruption de son siècle. En tête de cette risée d'écolier en liesse qui s'appelle les *Droits nouveaux*, et où l'auteur ne se soucie que de faire rire, sans arrière-pensée, des femmes qui sont ou qui voudraient être à la mode, de leurs sots galants et de leurs lourdauds de maris, on est abasourdi de lire une préface qui débute ainsi : « Sous les faibles successeurs de Charlemagne, l'unité monarchique fut bientôt brisée ; celle de la loi eut le même sort. » Avec plus d'esprit et de sobriété, M. d'Héricault, le dernier éditeur de notre poète, est tombé dans un travers analogue. Il donne à Coquillart poète une importance qui l'aurait bien étonné ; il en fait le représentant typique, le porte-parole attitré de la bourgeoisie au xv° siècle, et, au lieu d'étudier son œuvre en elle-même et de la replacer dans son milieu, il consacre presque toute sa longue introduction à tracer de cette bourgeoisie un tableau fort chargé en couleur, et dont la solennelle ordonnance jure singulièrement avec les gambades folâtres, les grelots tintants et le costume bariolé de la figure qui en occupe le centre. Vraiment, si l'on veut comprendre le joyeux écolier du quinzième siècle comme il a voulu être et comme il a été compris par le public auquel il s'adressait, il faut oublier ce qu'en disent ses modernes éditeurs. Quand on passe de leurs doctes commentaires à l'œuvre du poète rémois, il semble qu'on passe d'une tragédie ou au moins d'une

moralité à une farce, ou, pour dire peut-être plus juste
encore, à ce que nous appelons une « revue de fin
d'année ».

C'est en effet à ce genre léger qu'appartiennent les
poésies de Coquillart. Il s'est surtout soucié, comme on
dit aujourd'hui, de « modernité », et c'est ce qui fait
à la fois l'intérêt et la faiblesse de son œuvre. Ce
qui ne vise que le moment actuel passe avec ce moment,
ne résiste pas au temps, et n'est, pour employer
l'expression populaire, qu'un « déjeuner de soleil ».
Coquillart a voulu noter, pour s'en moquer, les modes,
les travers, les ridicules les plus fugitifs qui lui pas-
saient devant les yeux. Il a écrit les *Droits nouveaux*
comme, de nos jours, on a écrit le *Nouveau jeu* : c'est
de la photographie instantanée. Il a observé avec justesse et saisi avec bonheur ce qu'il a regardé dans le
cadre, d'ailleurs restreint et factice, de la vie bourgeoise,
mondaine et galante de son temps ; mais il ne s'est
attaché qu'à la surface : jamais il n'est allé au fond des
hommes ou des choses. Nous ne voyons figurer sur ses
tréteaux éphémères que des mannequins de modes,
empanachés, enharnachés, emperruqués, tout *fringants*,
tout chatoyants, au nom flamboyant ou burlesque, à
l'attitude gravement grotesque quand ce sont des
hommes, pimpante et « sucrée » quand ce sont des
femmes. Cherchez sous ces carapaces, il n'y a rien :
pas un caractère, pas une passion, pas une réalité ; rien
que des grimaces ou des mines. Le style est à l'avenant.
Le talent de l'écrivain est incontestable : il a une
invention de mots, une abondance, une facilité, un
pittoresque surprenants à première vue. Mais là encore
il ne faut pas regarder de trop près. Ce langage où tout
étincelle est obscur à qui veut le comprendre réellement,

moins à cause des mots eux-mêmes qu'à cause du décousu de la syntaxe, de l'incohérence des métaphores, du manque d'enchaînement dans les idées et de suite dans le sens général. C'est un dégorgement confus de mots et d'images où tout cliquette et miroite, mais d'où rien ne se dégage avec précision. Par ce qu'elle a de plus agréable, cette poésie ressemble au vin qui devait, un siècle après la mort de Coquillart, commencer à faire la richesse et l'honneur de notre province, vin qui rit et pétille, amuse les yeux avant de charmer le palais, et donne pour un moment une ivresse légère et gaie; mais elle est comme ce champagne dans lequel on a sacrifié à la mousse la force et la saveur du vin : l'écume se répand, se dévore en un clin d'œil, et, quand on veut boire, on trouve presque vide la coupe qui tout à l'heure débordait.

Cela n'empêche pas l'œuvre de Coquillart d'être digne d'intérêt à plus d'un point de vue. D'abord, elle est amusante : même entendus à demi, ses vers sont si alertes, ses mots sont si imprévus, ses caricatures sont si vivement enlevées qu'on est emporté malgré soi dans l'entrain de son allure. On lui pardonne son effronterie, qui n'est pas dépravée et va rarement jusqu'à la grossièreté, en faveur de sa gaieté et de sa malice souvent heureuse. Son effort pour saisir les traits les plus fugaces et les plus superficiels du monde contemporain lui donne un réel attrait aux yeux de ceux qui aiment à reconstituer la vie du passé grâce au patient travail de l'imagination guidée par l'étude, et la difficulté qu'ils trouvent souvent à le comprendre ne fait que stimuler leur avidité de le deviner.

Malheureusement, nous n'avons pas et nous n'aurons jamais un texte pleinement satisfaisant des poésies du chanoine de **Reims** : il n'y a pas de manuscrits, les anciennes éditions laissent beaucoup à désirer, et la critique conjecturale est trop souvent dans l'embarras et y laisse forcément l'interprétation. L'une et l'autre cependant, grâce aux deux derniers éditeurs, ont déjà fait de sérieux progrès ; elles peuvent en faire encore. Le prochain éditeur et commentateur de Coquillart devra se pénétrer profondément de toute la littérature contemporaine du poète et de celle qui l'a précédée immédiatement ; il devra surtout connaître, dans leur détail le plus menu, les mœurs, les usages, les modes, les costumes du milieu où le poète à vécu et qu'il a si vivement représenté. Je voudrais que Jean Godart trouvât un successeur, sinon parmi les chanoines, au moins parmi les Rémois d'aujourd'hui, et je serais heureux si ces notes, qui ne sont et ne veulent être qu'une bien imparfaite esquisse, pouvaient inspirer à quelqu'un de ceux qui m'écoutent le désir d'être ce successeur.

Reims, Imprimerie de l'Académie (Nestor Monce, dir.), rue Pluche, 24. (66049)

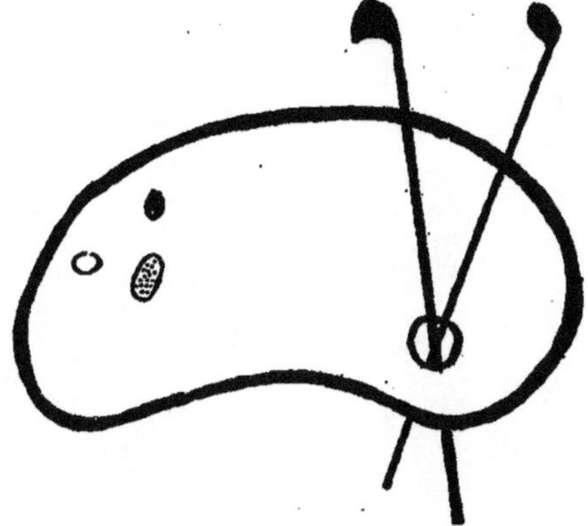

ORIGINAL EN COULEUR
NF Z 43-120-8